문학의식 시선137

비바람 속에서 나를 찾다

문학의식동인집

축간사

2016년 12월 〈문학의식〉 네 번째 동인시집이 발간됩니다. 동인들은 바쁜 생활 가운데서도 시에 대한 일념과 창작의욕을 멈추지 않았습니다. 그 결과 문학의식 출신의 시집들이 눈에 띄게 속출하고 꾸준히 읽히고 있습니다. 참 반가운 현상입니다.

지금 대한민국은 국민의 함성과 촛불의 힘으로 여기저기 난무한 거짓과 부정부패를 소각하려 애쓰는 중입니다. 특정한 누군가의 시비를 가리기 전에 먼저 저 자신부터 되돌아봅니다.
시인은 이런 때일수록 마음을 다잡고 진리를 향해 나아가야 합니다. 진정한 시인은 마음속 깊은 곳에서 우러나는 그 무엇을 표현합니다. 그것은 소쉬르가 말한 씨니피앙과 씨니피에가 닿을 수 없는 심연의 세계입니다. 순교자의 정신으로 시적 형상화를 이루어내는 일이 시인의 임무라면 시를 쓰는 일은 정말 고통입니다. 물론 고통의 결실이 빛을 발한다면 또 그만큼 값지고 아름답겠지요.

가시덤불 속에 갇힌 가엾은 나비를 구하는 일, 그것이 시인이 갖춰야 할 덕목일까요?
연민 곧 측은지심으로 세상을 바라보는 일, 그것이 시인의 마음일까요?
시인은 생각보다 할 일이 많은 듯합니다. 어쩌면 진정한 시인은 마음으로 읽고 마음을 표현하는 일을 하는 외계인입니다.

부디 우리 문학의식 동인들의 아름다운 마음이 세계 곳곳에 퍼지기를 간절히 소망합니다.

2016년 12월
김선주 (문학평론가, 건국대 교수)

차례

권순자

경주 출생. 1986년 『포항문학』에 「사루비아」외 2편으로 작품 활동 시작. 2003년 『심상』신인상 수상. 시집으로 「우목 횟집」, 「검은 늪」, 「낭만적인 악수」, 「붉은 꽃에 대한 명상」, 「순례자」, 「천개의 눈물」, 「Mother's Dawn」 (「검은 늪」영역시집)이 있음. 문학의식 기획위원.

고양이 축배

고양이 수십 마리
발톱이 지나간다 지나가며 할퀴니
단단한 가죽이 벗겨지고
드러나는 그림자들

힘들지라도 늑대 주변에 가지 않는다
죄의 무게는 무겁고
흩어진 먼지 같은 믿음은 너무 가볍다
멈추지 않는 죽은 자들의 속삭임
행운의 축배를 들어도 지붕에는 달빛이 자주 사라졌다

미래의 별이 숨을 멈춘 밤
황홀한 꽃은 자신을 태워 불빛을 만들어
사방으로 뿌린다
목련이 꿈의 유성으로 쏟아지던 날
미움마다 멍이 들어
반점을 꽃피웠다

강을 헤매던 단정한 신발들이
떨어져
길가에 구겨져

진흙 속에 꽃처럼 피었다

한 때 단단히 열정을 싣고 다니던
꿈의 거룩한 집

정리되지 않은 꿈들이 아직도 꿈틀거린다
헐렁한 꿈이 한 때 짓밟혔던 자리
붉은 태양의 뒤꿈치를 물고
거짓말처럼 탄생하는 사랑도 없이
씨앗을 물고
희미한 여름의 맹세를 자주 상기시켰다

동백

붉은 꽃송이 내려앉는 밤
얼어붙은 공기들이 붉은 물방울이 되는 밤
불꽃같은 심장들이 하나씩 제 몸을 분해하여
타오를 꿈을 펼치는 시간

숨소리가 파도의 턱까지 차올라 철썩거리고
어제를 찢고 어제를 뜯어
풀어진 것들이 뭉쳐질 힘을 온몸에서 우려내는 중

지나간 슬픔이 너를 껴안고 바람소리를 낸다 해도
폭설의 발자국이 차갑게 너를 움켜쥔다 해도

달빛이 중얼거리는 해변을
구름 어깨너머로 훔쳐보고 있는 너는
아픔을 문질러 가루를 만들어버리는
붉은 손을 가진 너는
보름달의 죽음을 바라보기만 하는 너는

유골단지에 네 붉은 머리칼을 던지는 너는
타락한 구름이 저들끼리 혼숙을 하고
슬픔과 고통의 최루가 쏟아져 내릴 때

자갈이 물 사이를 헤집고 헤엄치는 모습을 상상하는 너는
검푸른 파도가 네 침묵을 건드리고
겹겹이 꽃으로 둘러친 경계를 풀어 제치고
스스로 자유케 하는 힘으로

겨울의 심장에서 떨어져 나온 붉은 힘으로
어제의 붉은 기억을 뜨겁게 풀무질하는 힘으로
네가 놓아버린 고통들이 허우적허우적 파도쳐 갈 때
네가 보내버린 슬픔들이 성성하게 거품이 되어 파도칠 때

화염처럼 타오른 입술로
변방을 향해 감정의 내장들을 구불구불하게 펼치는데

어떤 질문에도 답하지 않는 길이 사방으로 열리고
물음으로만 깊어지는 강이
도달하는 죽음 같은 고요가 저 혼자 깊어가고
통증은 잎사귀마다 차가워진 겨울의 민낯을 새긴다

바닥에서 꿈꾼 자의 얼굴로 붉게 떠오르는 몸 조각들,
눈물방울들.

분해되지 않는 뼈들을 잔뜩 달고
바람에 팔랑거리는
꿈을 달고
빠르게 늙어가는 연인에게
붉은 숨결을 던져.
자꾸만 던져.

나를 잊으셨나요

죽음의 땅에서 살아나온 나를 잊으셨나요

울기엔 너무 지치고 너무 슬퍼서
대화를 잊어버렸어요
온몸엔 상처뿐

지옥으로부터 도망쳐 나온 소녀를
잊으셨나요

지옥 한복판에서 폭력의 나날을
눈보라처럼 온몸으로 맞으며
폭력에 젖어들었죠

빛이 숨기는 악마의 검은 손아귀
소녀의 목숨이 파들거렸어요

인간이기를 거부한 악마들에게
짓밟힌 어린 꽃들
꽃잎이 찢어지고 시커멓게 멍들었죠

절망한 소녀는 그러나

달이 차오르듯
삶을 향한 뜨거운 열망이 온몸에 부풀어올랐죠

끌려간 전쟁터가
너무 멀어서 나를 잊으셨나요
오랜 세월이 흘러도 그 지옥이 잊혀지지 않아요
지옥의 흔적을 역사에서 지우려 하지 말아요

나는 아직도 시퍼렇게 살아서
두 눈 부릅뜨고 보고 있는데
완벽하게 잊으려고 애쓰는군요

포근하고 아늑하던 시절을 꿈꾸고 있어요

순진한 소녀들
순박한 소녀들
폭력에 놀라고 기진하여
붉게 흐느끼는 모습 자주 보여요

다리

어릴 적
동네어귀를 지나 읍내에 가려면
큰 내를 건너야 했다
어른들이 여름이면 외나무다리를 새로 놓았다

큰 비가 오면
나무다리는 흔적도 없이
홍수에 떠내려가 버렸다

읍내 장보러 갈 때나
들녘에 아버지 참 갖다 주러 갈 때에는
어머니는 외나무다리를 건너지 않았다

물 흐르는 것을 보면
어지러워서
다리를 못 건너겠구나

어머니는 신발을 벗어들고
시내를 건넜다
어머니는 산골출신이었다
나는 다람쥐처럼 외나무다리를 건넜다

외나무다리는 겨울에도 있었다
어머니는 겨울에도 버선을 벗고
고무신을 벗고 건넜다

어지러워서
물 흐르는 것을 보니 어지러워서.
세상이 빙글빙글 도는 것 같아서.

여우의 여름

어머니의 주름은 해거름 따라 깊어갔어요
생선 함지박은 굳센 어머니의 굳센 삶터였어요

여름해보다 더디게 내가 자라고
어린 나는 그림자가 길어졌다 짧아졌다 다시 길어지는
마당을 수십 번 맴돌았어요

아침마다 어머니의 바다는 시퍼랬고
바닷가 작업장은 고등어들이 펄떡거렸어요
수평선 너머에서 불어오는 아침바람을 타고
어머니는 다른 마을로 생선을 이고 떠났지요

달빛이 어머니를 데리고 왔어요
산고개 돌아오는 길에 여우들이 돌멩이를 밀어내려서
깜짝 놀랐단다
여우도 어머니를 목 빠지게 기다리다 심술이 났던가 봐요

어머니의 따스한 손이 거칠게 내 이마를 쓰다듬고
안아 주셨어요

김대정

2011년 여름(85호) 『문학의식 』등단.

탐미주의

현대의 전투 아래서
과거의 전투를 보는 건 정말 미학적인 일*

인류 미래보다
개인의 아성을 축조하는데
심혈을 기울인 우남성의 붕괴

기회를 기회로 보지 못하고
기회로 삼은 총칼의 심장을 꿰뚫은
재규어의 이빨

가을 들녘 참새떼들의 우상,
허수아비 짚 빼 엮은 그넷줄
부여잡고 바람 가르던 소녀의 질주

돌고 도는 역사의 쳇바퀴 안
부지런한 다람쥐 두드리는
C와 V의 실세는 Ctrl

현대의 전투 아래
과거 전투를 보는 건 정말

저어엉말

미칠듯한 일

————————

*현대의 전투 아래서 과거의 전투를 보는 건 정말 미학적인 일 : 프루스트의 〈잃어버린 시간을 찾아서〉에서 차용함

5병동과 18병동 사이, 폐인장

폐차장의 왕성한 생명력
에 맘을 내주고
하나하나 태어나는 새삶
에 자리를 비켜준다

어찌 보면 새 생명은 장례식장
에서 빚어지고 화장장
에서 완성되는 토기장이의 땀방울
과 같은지도 모른다

권태와 나른함의 소중함
따분과 이국숭배의 반역
꼭 들어맞는 퍼즐조각

인간은 종교를 만들어 정치를 했고
정치는 희생을 만들어 정의를 부르짖으며
정의는 애초 죽음에 뿌리를 내렸드랬지

방

-감방 1-
화장실에 가둬 놓았던 달빛
묘한 웃음 지어 흘린다
맞설 눈을 들지 못한다
먹통이 된 전원 스위치,
이미 패배다
가둔 것 내 심장임을
잔인한 벽 낄낄거린다

-번데기-
꿈틀대는 벌레 따위에게
안방을 앗겼노라 외할머니께 투정하며
건너방으로 들던 밤이 있다
각자 자신들의 가장 비싼 방을 장만하고
외로움에 갇혀 죽어간
결국 버림받아 씹을 거리로 거리에서 팔려나간
촛불 아래 포장마차의 그네들 방

-신방-
조심스레 발길을 옮겨
자식놈들 건넨 용돈 몇 장 묻어놓은

오래된 안방
새로 장만한 평면 TV 전파의 근원이자
햅쌀 찧어 쌓아놓은
이쪽 말고 저쪽에 문이 달린
식구들 몰래 아끼고 아껴 새로 마련한
늙으신 어머니 머릿속 소중한 그 방

-이상의 육면각체-
누구나 다 아는
은밀한 영혼의 가장 깊은 수렁
깊이만큼 달콤한 황금빛 탄식
이놈 저놈 빳빳한 지폐 들고 다녀가는 암전
붉게 흘려내는 초야의 외침
미친 척 미쳐가는 미쳐버릴 선분들의 점
점점 점
씨네 마테리아

-감방 2-
안드로스테론 설계
세로토닌 분양
옥씨 부부 살다 나간 방

두 눈이 느끼지 못한 색
가슴이 보지 못한 온기
사람 사는 흔적

내 것 아닌 그들의 타자,
죄지은 자들의 교화소

일반화

등껍데기 안에 들어
세상 밖을 동경하는 달팽이의
부지런한 의지만 모르고 있는
불안의 소멸

자연의 자연스러움은
특별함에 대중성을 입히며
충실하게 배역을 수행하고
무지한 관객 찰라를 놓치다

변하고 변하며 변하는 마음
변덕에서 기인함을
어찌 잃어야 깨닫는지

지성과 감성에 시력을 되찾아 주며
어리석음을 실현하는 천진
희고 깨끗한 옷의 젊은 넋이여

다시 판도라

경배하라
경건한 부활을 찬양하라
그의 턱수염 내음 고개 들고
그미 목소리 왈츠 추는 의식을 목도하라

잠들었던 마을 곳곳마다 불 밝히어
작아진 신경 추어 올리고
좁아진 혈관 시내를 다스리게
찬 가슴엔 화톳불 투닥이게 축복하라

네모에 갇힌 시선
동그라미에 탈취된 귓구멍
검게 그을린 발가락

유배는 끝났다
복직하라, 일하라, 떠들어대라
이 밤 잠들지 못하도록 기꺼이 잠들어라

김온리

부산 출생. 부산대학교 졸업. 2016년 『문학의식』 등단.
memento1004@hanmail.net

개기월식

 우물을 길어 올리다가 첨벙, 뛰어든 날이 있었다 깊이를 알 수 없는 수직의 낙하, 컴컴하고 까마득한 수렁에 내가 고여 있었다 그 겨울, 입은 봉인되고 이끼의 시간 안에서 몸은 축축해졌다 동그란 하늘에 떴다가 가라앉기를 반복했지만 누구도 내 안을 들여다보지 않았다 어둠이 머리카락처럼 자랄 때마다 나는 죽을힘을 다해 푸른 하늘로 두레박을 던졌다 푸드덕, 한 무리의 새가 창공을 날았다 붉게 번지는 울음소리로 달의 뒷면까지 가닿고 싶었던 걸까

지금도 가끔 우물에 빠지는 꿈을 꾼다 당신의 그림자가 짙어지는 그런 날, 물푸레나무로 만든 두레박이 당신의 미간에 걸린다

구름과 비 사이

구름의 표정이 시무룩하다

구름을 기록하는 저물녘이 되면
느릿느릿 흩어지는 구름,
눈동자 안으로 내려 앉는다

거울 속의 내 눈을 바라보는 건
어제의 우울을 머리끝까지 뒤집어쓰는 일
딱지 지지 않은 상처를 긁어대는 일

한 구름이 흘러 다른 이름의 구름이 된다

매듭지어지지 않는 경계 속에서
당신이었다가 나였다가 끝내는 돌아앉은 입술

입을 벌리니 마술사처럼 줄줄이 구름이 풀려나온다
흉터가 분명할수록 뭉텅뭉텅 피어오른다

젖은 바람으로 천천히 뭉쳐지는 구름의 내부에는
목이 길어진 얼굴이 있다

모자

어떤 날은 코끼리를 삼킨 보아 뱀, 어떤 날은 베고니아 꽃이 피어
나는 화분, 어떤 날은 비둘기가 나오길 기대하지만

그냥 가면일 뿐이야

하고 싶은 말들이 쌓여 빙빙 자라는, 때론 햇살에 휘감겨 젖은 상
처 드러내는 모자의 챙

무표정한 얼굴처럼 모자를 날리면 꺽꺽, 참았던 울음이 터질지도
몰라 울음 끝이 길어지면 가면이 벗겨진다는데

더 깊이 눌러 쓴 모자 속을 더듬어보면 꼬리 잘린 울음 한 올 건져
낼 수 있어

모자 속에서는 모자만 걸어 나오지

화려하게 날아오르는 나비를 꿈꾸지만

한쪽 눈을 가린 모자일 뿐이야

박쥐

울 때마다 귀가 자란다
귓바퀴에 고인 울음이 기별처럼 퍼져나간다

오른쪽으로 돌아누운 누군가의 어깨처럼
왼쪽 날개만 펄럭거리며
날아오를 태세로 밤은 깊어간다

내 사랑은 번번이 밤하늘을 놓쳤다

펄럭일수록 인기척이 멀어지는,
거꾸로 매달린 꿈

동굴의 천정에서 똑, 똑 떨어지는
물방울 소리가
정지된 풍경에서 흘러나온다

그리움이란 스틸 컷 같은 시간 속에서 홀로 미끄러지는 일

눈을 문지르면 반쯤 저문 얼굴이 다가오는 소리,
날개를 접고 다시 종유석의 자세가 된다

뱀파이어의 핏기 없는 입술처럼

먼 곳,

꽃이 지는 소리에도

당신을 깊숙이 빨아들인다

별

메마른 풍경을 견뎌온 너를 바라본다
너는 거미줄 같은 균열을 남기며
너덜거리는 잎사귀 위에 촛농처럼 급히 굳어버린다

나는 천천히 하나, 둘 세고 있었는데
눈 속에 잠기어드는 건
멀어지는 등이었을까

등을 바라본다는 것은
등을 돌리는 것보다 더 아득한 일

네가 내밀었던 시린 눈빛은
여전히 내 기억의 옷깃을 움켜잡는데
어긋난 별로 반짝이는 너를
기다리는 밤

멀어서 아름다운 너와 나 사이에 마른 등 하나가
덜컥, 내려앉는다

김홍래

계간 『문학의식』 수필, 월간 『문예사조』 시 등단. 한국문
인협회 회원. 한국시인연대 회원. 아태문인협회 이사. 중
등 교사 명퇴. 국민 포장 수훈. 제3회 등대문학상 수상. 시
집 「산이고 싶다」 외 공저 다수. 약초 농장 「산마을 풍
경」 대표.

강가에 서면

가끔은 강에도 나가 볼 일이다
강물이 흘러가는 모습을 눈 여겨 볼일이다.
강가에 서면 강물이고 싶고
때론 강변이고 싶다.

바람난 욕망들이 거리에 넘실대는 지금
작은 실개천에
사금파리 조각 까지도
다 보듬어 안고 하나 되어
낮은 곳으로, 더 낮은 곳으로
흘러 갈 줄 아는 강물과 손잡고 싶다.
흐르고 흐르면서 스스로 맑아지고
더 깊어지는 강물과 눈 맞추고 싶다.

지난 가을부터 여름만을 고대해 온
풀벌레들도 한나절 쉬어 갈 수 있는
거칠지 않은 촉촉한 강변이고 싶다.

늦은 가을 억새 서걱이는 소리가
나는 허벅한 가슴을 붙잡고
강물의 등에 올라타

강물이 들려주는 이야기를 들으며
가슴 온전히 적시고 싶다.

해국(海菊)앞을 지나며

겨울 바다 둘레길을 걷는데
바람 거칠고 송이 눈이 마구 쏟아집니다.
바다는 심하게 요동치고
억새꽃술 난분분(亂紛紛)합니다.
내 온 몸도 속살까지 얼어 흔들리고
걸어 가야할 먼 길
바다 끝 수평선처럼 아득합니다.

길모퉁이 돈나무 숲 아래
키 작은, 들국보다 더 질박한
해국들이 토실하게 엉글어
알싸한 향기가 바람결에 번져옵니다.
살풋이 감미로운 향기로 인해
잠시나마 마음 포근해져
환하게 웃을 수 있습니다.

나도 이 퍽퍽한 세상을
살아가는 동안
모진 칼바람 다 견디고서
누군가를 위해. 한 순간만이더라도
다부지고 지긋이 향긋한

해국(海菊)이고 싶습니다.

————————

해국: 겨울 바닷가에 피는 국화

녹차를 마시며

추운 겨울날
거실 깊숙이 파고 들어온
아침 고운 햇살에
묵은 마음 펴 널어놓고
녹차 잔이 전해오는 온기를
양손에 담으며
지난 시간 속으로
천천히 걸어갑니다.
군데군데 박혀있는
아직 그늘인 곳을 등 뒤에 달고
저렇게 밝은 햇살 받으며
다시 걸어 나오다
문득, 생생히 푸르게 물살 치는
자신의 숨소리를 발견하고는
철없는 아이처럼 마냥
행복에 젖어듭니다.

내 그리운 사람에게
- 쑥부쟁이 연가(戀歌) -

초가을 늦은 오후
호숫가를 걷다가
갓 피어난 연보랏빛 쑥부쟁이 보니
당신 인양 반갑습니다.
불현듯 머릿속이 당신 생각으로
꽉 차올랐습니다.
화사한 나무꽃 보다
풀꽃을 좋아하는 당신이지요.
이미 호수 절반쯤 내려온
산그늘 아래 물 위에는
간간이 어린 물고기들이
은비늘을 흔들며 저물녘을 반기고
서늘해진 들바람이 불어와서
끝없이 잔물결들을
주름잡고 있습니다.
당신 좋아하는
말쑥한 쑥부쟁이 바라보다가
이 꽃잎 엮어 당신께 띄워 보냅니다.
부디……

사랑에 대하여

누구나
자신의 사랑은
남해(南海)같아서
깨끗하고 깊고 넓으며
푸르게 영원하기를
소망할 것입니다.

하지만,
사랑은
생물(生物)도 아닌 것이
생물과 같아서
가끔은 타듯 목이 마르기도 하고.
잔가지 많은 느티나무 아래서
쉬어 가기도 합니다.
또 산 너머 강물처럼
아득합니다
더러는 툭 툭 그리움의 그루터기에
발을 채여 아파 절기도 합니다.
달이 차기도 전에 야윈 등을 보이며
떠나가는 사람과
어느 날 예고도 없이 불쑥 찾아오는
사랑은 다 천연(天緣)일 것입니다.

나건주

한국문인협회 강화지부회원. 『문학의식』(2016년 봄 신인문학상 시부문)

야생의 춤

청련사를 지나 고려산 휘돌아 오르자니
큰 바위 옆에 늘어뜨린 노랑꽃가지
생강 내음으로 반겨와 저만 바라보라네

이끼 낀 바위틈에 뿌리내려
장고의 세월 모진 해풍을 견뎌낸 해송
목피는 거북이 등짝이요 솔잎은 단엽이며
수형은 휘어 비틀어진 분재와 같더라

정상에 호흡 고르고 편한 데로 둘러앉자
참꽃 몇 잎 땋아 넣어
두견주 한잔 술에 알싸함도 좋으련만
허기진 순대만 채우려들 왁자지껄 하는가

야윈 맨몸 달아올라 꽃 먼저
온통 드러낸 진달래와 뜬금없는 고라니
제 향기 놓치지 않는
저 야생들의 몸부림을 모르는 채.

춘몽

영리한 말 한필 보낼 테니
척추 운동 부지런히 하라는 지인의 권유에
자정이 넘도록 만만찮은
마사 관리 생각 등으로 숙면에 빠졌을까

마충은 저의 주인으로는 버겁사오며
여포 또한 최강의 용장은 틀림없으나
관우와 같은 주군이 아니라면

자신을 적토마로 판타지 소설화한 원나라 작가
나관중 선생 종친인 나의 충실한 애마이고 싶다며
두 앞발 접어 올려 머리를 꾸벅거리지 않는가

조간신문 오토바이 소리에 백구가 짖어댄다

몽이로다.

스님의 큰 서정

호젓한 오르막 산사 길
시리도록 흠뻑 취한 낙엽의 음률 따라
도토리 알밤 장단 맞춰 튕겨댄다

사연모를 청아 단아한 뒤태
갓 여승 장삼 뒷자락에 흩날리는 낙엽
속세의 아픈 사연 떨치라 함 이련가

허허로운 노(老) 비구 큰스님
찻잔 넘치는 줄 모르시어 부축 산책으로
잠든 서정(抒情) 깨워드렸더니

어이 가을바람아
가다가다가 다홍치마 동백 아낙 만나거든
쉿!
설한풍에 오렴아 가을바람아.

자칭 삼류 시인들

한가한 오후 커피 석 잔을 시켜놓고
여보게들 저 카운타 벽에 걸린
증기기관 열차를 어찌들 생각하나

예쁘지도 밉지도 않을 야한 여류시인
오늘 커피 값 해야겠죠
우선 시꺼멓고 육중하며 기적소리 우렁차니
당연히 꺼뻑할 남성이 아니겠어요

한량 같은 시인 머리를 저으며
자동차는 언덕길을 숨 가쁘게 오르지만
길게 이은 기차는 내리막에서 더 애를 쓰듯
여성의 길게 이어지는 오르가슴이지

하하하 그렇다면 난 중성이라고 하겠네
파란 하늘에 굴뚝 서정을 그리듯
하얀 공허함을 내 품으며
가을 들녘을 달리는 외로운 기차일 뿐.

꽃바람

어떻게 표현할까
함박눈처럼 하얗게 내리다가
두둥실 솟구치는 꽃잎

고려궁지를 지나
북문 오르는 벚나무 터널에
꽃비 내려 하얗고

차마 여린 꽃잎
밟을 수 없다며 뒤꿈치 들고
잘록한 허리 씰룩씰룩

보다 하얀 세월이
여류시인의 흰 갈색 머리에
속절없이 흩날린다.

박정구(朴廷玖)

1959년생. 1995년 『문학과 의식』으로 등단. 한국문인
협회 회원. (사)고양예총 회장. 시집 「떠도는 섬」, 「섬 같
은 산이 되어」, 「아내의 섬」, 수필집 「설악에서 한라까
지」, 「백두가 한라에게」. 산문집 「푸성귀 발전소」. 수
상 한하운문학상 대상, 경기도문학상 수필부문 본상.

나도 이름 병

출판기념회
방명록에 목련꽃이라 쓴다
-인사 한 말씀 주세요
거목 같은 이름들만 빼곡한 순서지
목록에도 없는 이름으로 축사라니
지정석에 앉는다
이름이 불려지면
박수소리 벚꽃처럼 쏟아지고
이름만 들어도 알 수 있는 시인을 호명할 땐
일제히 고개가 돌아간다
물 컵에 꽂아 둔
꽃다지 봄맞이 황새냉이처럼
풀꽃이 되어 손뼉을 친다
부처가 다녀가고
하나님이 다녀가고
마리아가 성호를 긋는다
공자 맹자 순자 장자 노자까지
성인현자들만의 축제에서
내 이름 석 자 별똥별처럼 사라지는 순간,
*이름 병든 목련꽃이
꽃술도 남기지 않고

뚝 떨어진다

_____

*이름 병(聲病) : 한용운의 시 자소시벽(自笑詩癖)에 나옴

다순구미 마을

목포 온금동에 가면
허리 굽은 계단들이 하늘을 향해있다
뱃사람들이 하나 둘 모여 살던 마을
하늘아래 첫 동네라서
달도 가장 먼저 뜬다
눈 먼
다순구미 마을이 아름아름하다
아비의 아비 자식의 자식으로 물려지는 뱃일처럼
가난한 마을에는 불빛도 흐리다

목포 온금동에 가면
하늘 계단들이 바다를 향해 있다
뱃사람들 하나 둘 떠나는 마을
씀바귀 같은 사람들의 고향에 기다림은 길어도
봄이 오고 또 꽃은 피지만 바다 바람이 차다
온금지구 재정비촉진사업 흉흉한 소문
귀 먼
다순구미 마을이 무너지고 있다
흐린 불빛마저 꺼져가고 있다

아비

딸이 떨리는
아비의 손을 잡고 서있다

삶의 전부였던 아이
그저 출렁이며 밀려왔다 쓸려가는 파도일 뿐
혼주석 어미 가슴은 이미 파랑이다
웨딩마치가 울렸지만 미동조차 없는 저들 부녀
한 발 한 발 옮기는 순간이 아찔하다
딸아이 부케에서는 나비가 날아오르는데
아비의 눈빛은 아득하다
삼십 년 키워 온 세월이 단상에 머물자
넘겨주는 아비의 손이 순간, 멈춘다
객석의 고요 속에 덥석 끌어안은 저들
어깨를 토닥거리는 손
어미 품 떠나는 송아지는
어미 소 눈에 맺힌 그렁그렁 눈물이다
기쁨도 슬픔도 아닌
아비 눈에 고인 눈물은 눈물이 아니다

아비의 손에는
아직도 놓지 않은 손이 얹혀 있다

위험한 공존

난방공사 굴뚝에 뭉게구름 걸쳐 있다. 구름이 흩어지는 동안 나는 고향집 굴뚝을 떠올렸고, 연기만큼이나 차갑게 지내는 사람들을 생각했고, 난방공사 굴뚝 밑 키 낮은 아파트는 고향마을 촌가처럼 낮게 엎드려 있고, 굴뚝 연기와 나란히 공존하며 키재기하는 아파트가 위태롭고, 연기가 부동자세로 오르는 동안 나도 부동자세로 서 있고, 자칫 연기가 고개를 숙이면 어쩔까 조바심을 가졌고, 아슬아슬 솟구치는 구름 같은 연기를 보며 나도 연기자가 되었고, 아파트 창문이 열렸다 닫힐 때 새떼가 푸른 연기 속으로 높이 날아올랐고, 높으면 높을수록 잘 어울리는 위험한 공존의 끝은 보이지 않았고, 날이 추우면 추울수록 난방공사 굴뚝연기는 더 차갑게 선명해지고,

지하 주차장에서

이중 주차 된 차 한 대가 졸고 있다
모두 잠든 시간에 들어왔다가
늘 길을 찾지 못하고 졸고 있다
앞으로 밀고 뒤로 밀고
밤새 밀리고 밀렸을 것이다

일렬횡대로 주차된 차들을 막았을 때
재래시장 통로 수레노점상처럼
앞뒤에서 쏟아지는 비난들
손뼉을 치며 떨이요 떨이
양말 한 켤레가 오백원이라는 목청 큰 총각도
정육점 빨간 전구가 꺼질 때 녹초가 되었다

지하 주차장은 임자가 따로 없지만
한 번도 제 자리를 찾지 못한 차 한 대
흔들면 흔들려야만 하는 삶처럼
공간 밖의 하루를 접고
깊은 잠 속에서 깨어나지 못하고 있다

배평호

2011년 『문학의식』에 「푸른 저수지」 외 4편을 발표
하며 등단. 동인시집 「꽃이 피다」, 「바람난 시 얼굴찾
기」, 「시간의 틈」 등이 있다.

벚꽃이 지다

꽃 지는 자리마다 이별이다. 꽃잎 떠나는 자리마다 노을이 들고 나는 타지도 못할 마을버스를 기다리며 정류장에 돌멩이처럼 앉아 자꾸 멀리, 멀리만 눈길을 보낸다. 푸른 산을 넘어 온 바람이 슬그머니 곁에 왔다, 가지도 못하고 목이 쉰다. 환하던 봄밤이 벚꽃처럼 하염없이 지는 동안 집으로 데려가지 못한 꽃잎을 돌멩이 가까이 두워 본다. 먹먹한 저녁은 잊으란 듯이 벚꽃나무는 눈만 마주쳐도 휘청거리고 바쁠 것도 없는 강물은 떨어진 꽃잎을 한참 동안 빙그르르 돌리다 그만 간다. 마지막 마을버스는 타는 사람 없이 새로운 시간 속으로 들어가고, 꽃잎 진 자리마다 자라난 울음이 자꾸 고개를 돌리며 고요 속으로 걸어가는 정류장.

돌멩이 안에도 울음이 있을까. 자책 가득한 울음이 있다면 후회만 남은 눈물이 있다면 그 가슴은 상처투성이 일 거야. 세상의 모든 울음을 자신에게 가두지 않고서야 눈물도 둥글 수가 없지.
돌멩이도 그리움이 있을까. 꽃잎 지는 환한 봄밤이 아니었다면 꽃잎 진 자리마다 어루만진 노을이 없었다면 그 몸은 헛헛한 그림자일 거야. 세상의 모든 상처를 자신에게 겨누지 않고서야 멀쩡히 그리울 수가 없지.

꽃잎이 떨어지며 나지막이 내게 속삭인다
당신, 나 집에 데려 가

알았지
약속해
꼭이야

너무도 환한 봄밤이 급하게,
급하게 지고 있다

귀뚜라미 부부(夫婦)

귀뚜라미 한 마리가
창가에 와서
찌륵 찌륵 찌륵
운다

귀뚜라미 한 마리가
창밖을 보며
찌르륵 찌르륵 찌르륵
운다

너희는 생각이 같아도 말이 다르구나

귀뚜라미 한 마리가
용인에서
찌르르륵 찌르르륵
말한다

귀뚜라미 한 마리가
청학리에서
찌륵찌륵 찌륵찌륵
말한다

너희는 말이 달라도 그리움이 같구나

같으면서 다르고
다르면서 같은, 우리
귀뚜라미 부부(夫婦)

길

내 눈길 닿는 곳에서
길이 생기는 순간이 있다

그 길을 따라
볕이 내게로 들어
어느 하루 마음 따뜻하고
그 길을 따라
어둠이 내 안에 내려
다른 하루가 울음 그치고 잔다

처음, 눈길 닿는 곳에서
푸른 맥박으로
사랑의 꽃이 피고
문득, 눈길 거둔 곳에서
눈물 자국으로
환한 그리움이 시작된다

서로가 서로에게
오가는 눈길, 말 없어도
내 눈길 닿는 순간에서
다시 길이 되어 오고

볕에도 어둠에도
마음이 가고 마음이 가서
서로가 서로에게
영원 같은 길이 열리는
운명이 있다

언젠가는

1.
빗속에 서면 발부터 비가 됩니다
강이 되어 바다가 되어
그 마음을 비에 맡겨요

그대 비 오시는 날은
문을 열고 나오세요
그 빗속에
나 서 있을게요

늦어도 늦어도 걱정 말아요
눈물 가득 빗물 되어
그대 발목 적시고 있을테니

바다가 마르지 않는다면
언젠가는 언젠가는
그대와 나
사랑으로 만나리니

2.
눈 속에 서면 머리부터 눈이 됩니다

산이 되어 나무가 되어
그 마음을 눈에 맡겨요

그대 눈 오시는 날은
창을 열고 나오세요
그 눈 속에
나 기다릴게요

멀어도 멀어도 울지 말아요
사랑 가득 그리움 되어
그대 마음 껴안고 있을 테니

하늘이 변하지 않는다면
언젠가는 언젠가는
그대와 나
운명으로 만나리니

종이컵 1

불 꺼진 비상구 계단, 반쯤 열린 북향의 창 뒤에 종이컵이 서 있다.
밤이면 얼굴 본 적 없는 인기척이 허옇게 등을 켜놓고 간다. 차가
운 별목련 몽우리 제 그림자 찾는 동안 손끝이 뜨거운 담배꽁초
가 서로 다른 표정으로 서로의 중심을 비껴 서 있다.

사(死)층과 오(悟)층 사이,
옥상 올라가는 계단과 지상 내려가는 계단이 맞닿은 비상구
그곳을 놓으면 하늘이 있고 그곳을 떠나면 지하가 있다.
누군가는 사층을 지나 오층으로 오르고
누군가는 오층을 지나 사층으로 내려가는 사이
서늘한 풍경이 허둥거리는 소리 들린다.

오래도록 가슴 붉어진 날이면, 담배꽁초 하나 늘었다.
비석처럼 세워진 달콤하고 쓸쓸한 입들이 돌돌돌 말려서
달아나는 비상구를 찾다가 끊어진 밤으로 들어간다.
오늘 먹먹한 밤이 한 일은, 노을이 한 참이나 지고 난 후
종이컵이 바닥으로 떨어져 아무 것도 아닌 빈 꿈 드러낸 채
서쪽으로 떼구르르 굴러 가도록 내버려 둔 일
거리에서 사방으로 담배꽁초가 흩어지며 사라지도록 내버려 둔 일
이 밤엔 결코 아무 일 없다는 듯이
다시는 안볼 것처럼 수락(水落)의 바람을 불러 차가운 풍경을 울리고

별목련이 훌쩍 훌쩍 피어나는 밤을 무심히 보다가
비상구 아래 환해지는 그림자 속으로 사라져 가버린다.

손제섭

2001년 『문학의식』 등단
2002년 시집 「그 먼 길 어디 쯤」 출간
2010년 시집 「오 벼락 같은」 출간

몽산포 타령

몽산(夢山)을 걸었네.
사구(沙邱)에서 춤을 추네.
누군가를 보고
누군가를 잊었네.
몽산포 흰 모래가 웃고
몽산포 붉은 바다가 울었네.
소슬한 꿈이었네.

새 잎

비 그치자
꽃 진 자리에 서서
입김을 불어 봅니다.

적막의 틈새로
새 잎이 돋아 납니다.

아무한테도
눈에 담기지 않기를 빌어 봅니다.

잃고 말고 할
무슨 일 없이 자라나기를 두 손 모아 봅니다.

해 지자
붉어진 자리에 서서
마음 저 안의 일을 되짚어 봅니다.

법주사 보리수 나무

가을 햇살 좋은 날 그 나무 아래에 섰습니다.
내 머리카락에 내린 세월이 그 나무에도 왔다 갔는지
예전 푸르고 찬란한 모습은 아니었습니다.
나는 늙은 두보처럼* 그 나무 그늘에 가만히 눕습니다.
그 나무는 늙은 어미처럼 내 얼굴을 쓰다 듬으며
어디 아픈데는 없냐고 묻습니다.
"없어"라고 말꼬리를 흘리는 순간 지나간 삶의 마디들이 툭툭 일
어납니다.
일부러 그런 것도 아닌데
사지를 뻗고 누운 귀 뒤로 눈물이 흐릅니다.
"울지마라 울지마라"
"곡절 없는 사람이 어디 있다고"
그 나무는 무릎 베게를 해주며 내 머리카락을 쓸어 주며 말합니다.
갑자기 마른 하늘에 소나기가 쏟아집니다.
나는 몸을 일으켜 대웅전 처마 밑으로 몸을 피합니다.
가지마라 가지마라.
"숨기고 살지 못 할 거라면"
"여기 내 그늘에 두고 가라고"
늙은 어미처럼 그 나무는 말합니다.
비를 그은 후 나는 그 나무 아래로 가서

시든 잎을 만지고 또 만지다가
늙은 두보처럼 다시 눕습니다.
그리곤 몇 번이나 뒤척입니다.
그 나무 너머 파란 하늘은 깊고 고요 한데
남루한 사내 하나 가을 햇살에 말라가고 있습니다.

입동(入冬)

조용히 조용히 한 사람의 이름을 부른다.
오래된 이름이다.
어느 생의 하루 만큼 길며,
그 하루의 잔기침 만큼 잔잔한 이름이다.
멀리서 아득하게 들리지만,
다가 오지 못한 이름이다.
누군가의 생애가 다 들어간 이름이다.
그러나 이제 지워진 몇 줄의 문장으로 남은 이름이다.

몽촌 토성에서

그래요
초록에 눈이 멀 것 같은
지금은 꿈을 꿀 시간이예요.

굼뜬 손가락으로
밀가루처럼 하얀 오후를 치대어 봅니다.

꽃 무늬 셔츠를 입은 당신의 품안에서
고구려 왕자와 백제 공주
마부와 당나귀
창과 방패
함성
탄식

그 다음,

지팡이를 짚은 당신의 발 밑에서
흩어지는 그림자
실타래와 명주실
새 한 마리
북 소리

문장

잘 개어진 밀가루 반죽 같은 오후가
한 송이 칸나로 피어납니다.

그래요
고요에 귀가 멀 것 같은
여기는 내가 나를 꿈꿀 곳이에요.

이상은

충남 연기군 전의 출생. 2012년 『문학의식』 등단. 시집
「어느 소시오패스의 수면법」 tangelbaum@hanmail.net

버뮤다 삼각지대

보인다 잠망경처럼 발끝에 힘을 주면
한 숟갈 뚝 떠서 던져놓은
사차선 도로 옆 운전면허학원
노랑나비 한 무리가 속도를 누르고 있다

애초 침묵이 첫 발짝이었던 것처럼
여기까지 흘러 온
세상의 모든 속설
빠른 속도의 것들을 흡입하는 바다구멍
휩쓸려 당도한 바닥은
그래서 조용하였다고
아무 말 없이도
붉어지고 있었다고

개화를 알리는 꽃말은
길가마다 허공이 드나드는 구멍을 만들었다
속도를 배경으로 태어난 섬 하나가
세상을 느리게 선회하고 있다

과잉은 어디에 적재 되었을까

손톱은 경계를 빠져나가기 위해
딱딱한 과잉으로 부푼다
적당한 크기로 테두리를 자른다
연한 핏물이
계단을 따라 흘렀다
기울어진 방향을 몸이 기억했다

종종 나무 전봇대는
누군가의 목을 기록했다
잘려지고 나서야
켜켜이 일어나는
압축되기 불가능한 마음들
때론 마음이 없는 것들은 좋겠다
생각한 적 있다
빈 집에 쌓여가기만 해도 되는데

편지로 채워지지 않는 우체통이 여전히 붉다

비 그리고 꿈은

난 태생이 관음증 환자였다
창문에 매달려 너의
잠든 팔베개를 기억해야 하는
한번이라도 눅눅하지 않은 모습으로
너의 집 앞을 서성거렸던 기억이 있었던가
좀처럼 멈추지 않는 딸꾹질
반인반수의 그렁거림으로
몸 안에
세상에
반쯤 걸치고 울고 있는
난 태생이 설움이었다
점멸신호처럼 세상의 경계에 서서
길이 가리키는 방향으로
배고픈 눈빛을 보내는
난 태생이 천민이었다
알몸으로 엎드려
너의 그리움을 같이 그리워해야 하는
누군가의 발자국에 잠시 들어 누워보는
난 태생이 투명했다

해당화를 찾습니다

바다에서 떠내려 온 한 떨기 유기견입니다
꽃으로 핀다지만 피어날수록 주먹으로 핍니다
그래서 바람에 집니다
바람은 쓸데없이 보자기로
나를 보쌈합니다
여기가 어딘지 이정표는
바람에 해진 글자를 받아쓰다
종종 맨발로 걸어갑니다
서서히 밝혀지리란 예언이 붉게 떠오르는 바다
수면이 중심을 일으켜 세우고 있습니다
해안도로는 섬을 데리고
낯선 얘기의 내력을 빙빙 돕니다
방파제 넘어 오는 향기는 지금 붉어
파도는 집으로 돌아갈 수 없습니다
아니 오늘은 길을 만들지 않습니다
길이 없어 오도카니 나를 버리고 간
바람의 방향은 지금 안녕할까요
물고 뜯었던 이름이 자꾸 부릅니다
환청일까요 내일이 환청이라는 예보
들었지만 틀리겠습니다
겨우 서쪽의 안부가 붉어질 뿐

향기는 지금 공중의 빈 곳
벽보를 붙이는 일에 한창입니다

카니발리즘

나는 식성이 좀 까다로운 편이다
층이 많은 것을 좋아하고
불규칙적인 것을 좋아한다
처음 맛보는 것에 대해
어떤 맛일지 차마, 무조건 반응하지 않는다

같은 유전자를 공유한 내가
혹시 너를
내가 그러니까 너를
초록이 연두를
꽃이 다 먹어버린 붉음에 대하여
같은 비밀번호를 가진 창문으로
뛰어내렸다는 가설은 만년설 속에 묻는다

그 설산에 단풍이 들었다고
소문은 눈사태처럼 계곡을 따라 왔다
입맛이 없어져 아무것도 먹지 않아도
접시는 쌓여가고 거리마다 상점이 늘어간다

거리에 눌러 붙은 발자국들은
저마다 알맞은 크기를 기억해내느라

내가 나를
빨간불이 켜진 신호등 앞에 세워놓고
마지막 접시를 비우고 있는 걸 몰랐다
손바닥을 따라 물길처럼 깊은
손금을 새기느라 상점은 늦게까지
오늘도 불을 켜고 있어야 했다

이우림

1995년 『시와 시인』, 『문학의식』으로 등단하여 문단 활동을 하고 있다. 마루시, 시금석, 끈시 등 꾸준한 동인활동을 하고 있으며 현재 사단법인 한국문인협회 고양지부 회장을 맡고 있다. 시집으로는 「허름한 개」, 「상형문자로 걷다」, 「봉숭아꽃과 아주가리」가 있다.

오래된 무덤을 지나다

비석은 바람과 비와 기다림으로 돌이 되었다

누구의 무덤일까 이 오래된 무덤은
돌 판을 쓰다듬고 어루만져 흔적을
찾지만
무덤 주인의 명이라도 받았다는 듯 비석은
묵묵하다
상석도 사라지고 없는
처음부터 상석이 존재하지 않았는지도
모를
언제 사람 손길 머물렀는지 아득한
무덤, 비켜선 핀
한 송이 상사화, 지나는 발걸음
붙잡는다
바람 한 점 없는 팔월 오후를
뒤흔든다
주저거리는 동안
벌 나비 한 마리
다가오지 않는다
떼 없는 무덤엔 잡풀만 무성한데
연분홍 상사화 무슨 할 말이라도

있다는 듯
키 큰 풀 새에 목만 더
길어진다
얼마나 지독한 사랑이어야
얼마나 애절한 사랑이어야
꽃이 될 수 있는 걸까

노을이 긴 그림자로 쓰러져도 그 자리 뜨지 못한다

사랑앓이

불꽃 튀는 아궁이 앞에
앉아 있다
생솔가지도
생솔가지 거머쥔 손도
흔들린다
잔 숯 뒤적이는 부지깽이 끝은
더
검어지고
의식 없는 젓가락질
콧김에 죽었다 살았다 하는
잔불
눈썹까지 질끈 감고
어금니에 올린 숯을
바르르 깨문다
목구멍 빠져 나오던 소리가
매운 연기로 판다, 왈칵
오금이 젖고
아궁이는 연기로 가득하다
숯덩이보다 더 붉어졌다
검어지고
검어졌다 허예지는 낯빛

숯빛되도록 떤다
정지문 뒤에 숨어 떤다
고통이 심하면 스스로 주술사가 되기도 한다
한동안 몸에선
송진내가
연기처럼 따라다녔고

비바람 속에서 나를 찾다
-나를 버린 내가 나에게 쓴다

천둥번개 요란하다. 바람이 몰고 다니는 밤비는 어둠 내내 길을 잃는다. 달빛 숨어버린 비바람의 저녁 한 귀퉁이, 달맞이꽃 노랗게 젖는다. 달빛 숨어 있다. 도망갈 줄도 모른다. 도망갈 수도 없다. 한 번 내린 뿌리 더 깊이 내린다. 멀찍이 바라보는 소나무와 마주친다. 안다, 소나무도 알고 달맞이꽃도 안다. 뿌리의 길이 꽃의 길이고 잎의 길이라는 것을 안다. 어둠 휘젓고 다니는 갑작바람에도 단연코 뽑히지 않는 뿌리의 의연함 앞에 숙연하다. 지나간다. 비 맞은 시간도 바람 맞은 달빛도 꽁지 빠진 오색딱따구리 두려움도 지나간다. 재촉하지 않아도 지나간다. 휘청한 아침 달맞이꽃 노란 잠에 빠져든다. 소나무 그림자 길어진다.

밤새 잠을 이루지 못 한다. 바람의 손이 마당 이곳저곳을 들쑤신다. 흑룡이집 지붕을 들썩거리다 휙 돌아서선 소나무 가지를 붙잡고 사정없이 흔들어 댄다. 기세등등하던 흑룡이도 속수무책이다. 게슴츠레 눈을 내리깔고 쥐구멍을 찾는다. 바람이 언제 내 치맛자락을 찢어버릴지 젖무덤을 파헤칠지 모를 공포에 오금이 저린다. 쥐구멍을 찾기는 나도 마찬가지다.

잔대 꽃대를 꺾는다. 오종종한 꽃망울 잘라놓고 미안하다고 말한다. 꽃대 잘린 자리에서 하얗게 진이 흐른다. 또 한 번 미안하다고 말한다. 물끄러미 바라보고 있던 사람이 어깨를 툭 친다. 들꽃은

꺾이면 종자번식을 위해 꺾인 옆에서 더 많은 꽃대를 올린다고 귀뜸한다. 아픔이 아픔에 머물지 않는 섭리를 본다. 뿌리의 본질을 학습한다.

때로는 나도

블루베리화분이 즐비한 농장 뒤꼍
돌미나리를 꺾는다
꺾인 아픔이 바람을 불러들였을까
일제히 자빠졌다 일어나는 방어자세
손이 멈칫한다
한마디 말도 없이 들이댄 손이
돌미나리 속에서 칼이 된다
다시 바람이 불고
블루베리 화분들이 쓰러진다
떨어진 꽃과 열매들이
돌미나리 같다
순간 나는 바람이 되고 바람은 내가 된다
때로는 나도 바람에 꺾인다는 것을
바람 되어 알아본다

아빠와 딸

딸아이가 한 달 남짓 된 강아지들에게 구운 빵을 먹이고 들어온 다..강아지들 예쁘지.....사랑딸, 강아지들 예쁘지...개는 아빠 빼고 다 이뻐...뭐라고...개는 아빠 빼고 다 이쁘다고....십 수 년을 듣고 살 아온 말이 딸에게서 태연하게 걸어나온다..술 먹으면 다 갠데 뭘 그러냐..아빠가 개야?...술 먹으면 개 된다니까..아~~정말. .그럼 아빠 술 먹고 오면 흑룡이 해, 흑룡이가 아빠하고. 쾅! 철컥!어르고 달래다가 지쳐버린 식구들은 속으로 칼을 물거나 스 스로 혀를 닫는다그럴 때마다 집은 좀비들의 집이 된다늦가을 아 침, 담쟁이가 해를 문 혀로 거실을 기웃거린다

이충재

강원도 횡성출생. 1994년 『문학의식』 신인상으로 시를 쓰기 시작하고, 2016년 월간 『시see』에서 제정한 제 1회 시 평론상에 당선하면서 『월간 시』에 시 평론을 연재 중이다. 격월간 「내 마음의 편지」에 서평 연재 중이다. 한국성서대학교, 고려대학교대학원을 졸업하고, 그 배운 바 문학, 문화적 사유의 공간에서 시와 시 평론을 하면서 밥벌이와 그 언저리에서 인문학 강의를 하고 있다. 시집으로는 「그대 입술의 힘」 외 8권, 산문집 「행복한 아이야 지혜롭게 세상을 배우거라」 외 3권, 수필집 「책의 숲속에서 멘토를 만나다」 외 1권, 칼럼집 「아름다운 바보 세상 바로보기」가 있다. 현재 한국문인협회, 한국 기독시인협회, 서울시인협회 등에서 활동 중이며 제 6회 한국기독 시 문학상을 수상한 바 있다.

바람으로 서 있는 나무

나 쓸쓸히
아픈 흔적을 지워가며
코스모스 사잇길에 우두커니 서 있다
얼마를 더 울어야 바람 소리를 낼 수 있을까
얼마를 더 흔들려야 바람의 언어를 배울 수 있을까

들풀이 부러운 세상
모가지 살랑살랑 흔들며 바람의 말을 듣는
네 거리에 이정표처럼 우뚝 서 있는
한 그루 나무 꼭대기에 자유로이 둥지를 트는
날개 없이도 하늘을 나는 바람이고 싶다

사람이 사람을 멀리하는 밤바다 같은 이 아침
길 탓하지 않고 위로의 노래 소리 들려주는
가슴과 가슴의 울림
오고가는 네거리에 꽃잎으로 머물지라도
바람의 의미로 내통을 하며 그대 앞에 서 있다

천개의 눈

괴물인가 보다
필시 어미로부터 받은 것은 두 개의 눈뿐인데
가만히 보면
백이었다가 천개의 눈이었다가
내일은 또 몇 개로 늘어날지 모르는
보이는 것에 따라서 증식을 밥 먹듯이 한다

누군가를 보는가에 따라서
반짝이기도 하고 어둡기도 하고
이글이글 타오르기도 하다가 소나기를 쏟기도 한다
간사한 혀보다도 더 간사한 것은
그대 꽃을 볼 때의 눈이다
갓 오른 꽃의 속 세상을 훔쳐 볼 때이다

천개의 눈으로 살아간다는 것은 행복한 일이 아니다
두 개의 눈이 낳은 탐욕
그 분신이란 점에서 이제는 차양막을 쳐야 할까보다
과수의 양분을 위해서 알을 솎아내듯
내 그대 닮은 유사(類似)로부터 작별을 고하고
조금은 아픈 마음을 달래며 깊고 푸른 하늘을 본다

묵음

소등 이후
흔적을 찾아 떠나는 신중한 저 움직임
사지를 틀며 거리를 좁혀가는 무의식의 세계
그 중심을 흐르는 고요도 때론 파도와 같다
박쥐이거나 거미가 되지 않으면
한 톨의 양식도 챙길 수 없는 밤과 같은 이 거리

주파수를 돌린다
영혼의 소리통을 묵음으로 다시 돌려놓고
삶의 통로를 헤맨다
불통의 경지에 이를지라도
의식의 껍데기를 벗겨낸다
의식 너머 잠자는 무의식의 빛을 밝히고 귀 열다

이제부터는 묵음으로 살아야 할 일
내게 유일한 소통의 심줄이 있다면
그것은 딸아이가 지닌 악세사리의 빛남
열매하나 맺지 못하는데도 바람처럼 말만 많아서야
존엄을 이야기 할 수 없다
오늘 밤은 온 몸을 묵음의 상태로 결박시킨다

얼음 시인

녹고 있는 것이야
태양 밝은 강변 보다는
그늘 우거진 숲이 더 좋은 이유가 거기에 있지
몸은 보여주지 않고 목청만 높여 우짖는
풀벌레처럼
밤 새워 시를 쓰며 제 몸을 녹여내는
그러면서도 단 한 번도 슬퍼해 본 적 없는 그를
얼음시인이라고 부르지

이럴 땐 제 목숨 던지는 아픔을 느끼곤 하지
요청한 바 없는데도
뜨거운 외투 한 벌 씌워 주고 손난로까지 쥐어주곤
이내 돌아서는 것이 배려라고
시인은 영혼의 가난과 추위를 먹고 마시면서 살아야만 해
배가 불러 쓰는 시는 시가 아니야 투정이고 푸념일 뿐이야
스스로 제 몸 녹일 때
비로소 영혼의 노래가 더욱 빛나는 법이지

누가 뭐라 한 적 없는데도
그렇게 제 몸을 녹이고 있는 거야
그래서 모래알 반짝이는 해변보다도

나뭇가지 부러뜨리는 바위도 구르다가 멈춘
그곳으로 난 길을 찾아 숲에 둥지를 틀고 사는 이유지
쓸쓸히 그래서 먼 뉘 무덤 빌려 누우면 그뿐
세월 흘러 시인의 생애는 그렇게 서서히 녹는 것이야
메마른 그 대지에 한 줌 흙으로 돌아가는 것이야

아버지와 술

아버지가 마신 술의 절반은
눈물이다가 분비물이다

그 절반의 절반은
역류하는 피였다가
섬돌을 적시고 창호지를 적시는 어머니의 눈물이다

속을 달래기 위해 아침에 마신 한 사발 설탕물이다
내음 짙게 묻어 토한 식음 털털한 타액을 씻어낸
입안을 가셔대던 냉수다

정선희

경남 진주 출생. 2012년 『문학의식』 등단 . 2013년 『강
원일보』 신춘문예 당선. 시집 「푸른 빛이 걸어왔다」.

연락처 :010-6552-3049. 전자주소 ： jungwal@hanmail.
net . 주소 : (52769) 경남 진주시 대신로 340번길 7 (하대
동) 101호

얼치기냉면역

기차역이 있던 곳에 얼치기 냉면집이 들어섰다
냉면집 사장은 추억을 팔아 돈을 버는 사람,
추억 한 그릇에 9천원이면
그리 싼 것도 비싼 것도 아냐
사람들은 기차역을 둘러보러 왔다가
코스모스 한번 쳐다보고
흰구름 한번 쳐다보고
괜히 허전해져서
냉면 한 그릇 먹고 간다
코스모스는 흔들리면서 매달리는데
구름은 무심한 표정,
철로는 걷어차도 끄떡도 하지 않아
기차역과 냉면집은 무슨 상관이 있나
그 많은 사연과 슬픔을 퉁치고
들어선 얼치기 냉면집,
그곳에서 누군가는 첫눈에 반하고
그곳에서 누군가는 아이를 만들고
누군가는 고무신을 거꾸로 신었는데
밤기차는 감정의 소모품,
목포로 가는 0시행 완행열차
노래 속 주인공이 되기 위해

나는 기를 쓰곤 했지
기차는 밤새도록 달리고
유리창은 지웠다 썼다를 반복하면서
있는 애인도 버리고
없는 애인도 버리고
목포로 가는 완행열차는 언제 돌아오나
기차역과 냉면집은 무슨 상관이 있나

대방진 굴항

삼천포 어시장과 연육교 사이
대방진 굴항이 있다
어시장이 사람들로 떠들썩해도
연육교가 차들로 붐벼도
아무런 상관이 없다는 듯
저 혼자 고요한 곳
바다가 동네 안으로 밀고 들어와
우물이 되고
그 우물을 지키는 나무들,
승천하지 못한 이무기처럼
마을을 지키고 있어
사람들은 그 옆을 지나다니면서도
그 곳을 보지 못하고
정지한 시간이 흐르고
대나무를 꽂지 않아도 살아있는 귀신들이
집을 지키는 곳
대방진 굴항,
안개가 없는데 안개 때문에
길을 잃은 사람들이,
귀신한테 홀린 기분이야
같은 길을 몇 바퀴 돌고서야

새끼줄로 표시해둔 주술이 풀리고
금 안으로 들어온 사람들은
나무 그림자 속으로 들어온 듯,
바람이 불 때마다
우물에 살고 있는 나뭇잎들이
일렁이는 금빛 비늘로
죽은 사람들을 불러내는,
그곳에 가고 싶어
아무나 갈 수 없는 곳
오직 길을 잃은 사람들만 출입을 허락하는
삼천포 어시장과 연육교 사이,

나무 나비

먹감나무 탁자를 닦다가
젖은 날개를 보았다
날개를 말리고 있는 나비
흐려지는 나비
후후 불어본다
손가락 끝으로 건드려 본다
꼼짝도 않는 나비
날아 봐 날아 봐
날개를 펴고
문양으로 앉은 나비
나무 속 길이 열리고
먹감나무 캄캄한 가슴으로
날아든 나비
바람이 불고 달이 떠 있어
나무속으로 들어가
길을 잃어버린 나비
길은 잃어도 좋아
날개를 버리고
나무를 선택한 나비
날아 봐 날아 봐
나무 속 나비 한 마리

꺼내고 싶어
면도날을 갖다 대는 봄날,

단디

전라도에 '거시기'가 있다면
경상도에는 '단디'가 있지

'단디'는
약방의 감초처럼 쓸 수 있는 말

사과를 깎다가 손을 베어도 '단디 안 하고'
컴퓨터 자격시험을 보러 간다 해도 '단디 해라'
남자에게 차였다 해도 '단디 좀 하지'
주차하다가 남의 차를 들이 받아도 '단디 해라 캐도'

'단디'라는 말 속에는
마디가 많아
할 말이 너무 많아서
한 마디로 끝내버리는 말

최소한의 단어로
최대한의 효과를 주는 '단디'
상황에 따라 서술어가 달라지지

악세사리처럼 예쁘지만

몸을 지키는 은장도처럼
요긴하게 쓰이는 '단디'

안쪽 호주머니에 비상금처럼 넣어 두었다가
꼭 필요할 때 꺼내 쓰고 싶은 '단디'

'단디'는 단단히도 아니고
똑바로도 아니고
잘도 아니고
그 모든 것이기도 하지

외국어 같기도 하고
어떤 말의 약자 같기도 한
'단디'
부싯돌 같아서
내 가슴에 불을 붙이고 싶은,

매생이 사랑법

초록을 풀어놓으면
봄이 올까
매생이국을 먹는 건
몸에 봄을 지피는 일
아궁이 깊숙한 곳으로
봄을 밀어넣는 일
있다고 생각하면
없어지는 빛깔
바다 위에 뛰어드는 눈처럼
발이 사라지는 부드러움
너무 부드러운 건
손에 잡히지 않아
잡았다고 생각하는 순간
미끄러지는 봄,
매생이국을 먹다가
혀를 데이고 마는 건
부드러운 것들의 반격,
부드러움 앞에선
꼼짝할 수가 없어
부드러움으로 쳐들어오는 봄을
무슨 수로 막겠니?

몸속에 초록을 풀어놓으면
봄이 올까
매생이국을 먹고
혀를 데이면
그 봄이 다시 올까

정봉희

캐나다 『한국일보』 신춘문예 등단. 캐나다 『동아일
보』 기자 역임. LA한국일보 문예공모전 대상. 미주 『중
앙일보』 신인 문학상. 『동서문학상』 수상. 계간 『문
학의식』 신인상 등단.

겨울밤

편백나무 사이로 눈 뿌린다
장정 두 사람 훌쩍 들어올린 소한 지나고
어금니 떨리는 대한 大寒 어찌어찌 넘겼으나
굵고 튼튼한 고드름 여간해서 달려있는
출출한 뱃속 주무르다 잠든 늙은 겨울
백로의 다리처럼 길어졌다

입이 궁금한 이참에
고구마 난로불에 올려놓고
이민집에 묻어 온 번철에 기름치고
감자부침이나 지져볼까

드라마에 푹 빠진 남편은 볼륨을 올린채
신라면 두 개 끓여 달라는 주문을 넣고
고장난 벽시계 믿고 모로 누웠다
월월 건너집 개 짖는 소리에
돌아눕는 정월 스물아흐레 밤

그런데 저리 울어 쌓는 부엉이는
오늘밤 어디서 숙박계를 쓰겠나

커피 한 잔 값

2.25g의 칼슘, 550g의 인산염, 252g의 칼륨, 168g의 나트륨
28g의 마그네슘, 철, 동으로 이루어짐. 체중 중, 산소 65%
수소 18%, 탄소 10%, 질소 3%, 가격으로 따지자면 1달러에
함량 미달.

내 몸의 가치 평가서 입니다.

알사탕 한 개, 연필 한 자루, 도넛 하나의 값
1달러 루니로 살 수 있는 게
그리 많지 않습니다
심지어, 커피 한 잔 살 수 없는
육신이 왜 이리 천근만근 무거운지요

있는 것 다 내려 놓는
가을입니다

고양이 시인

시 쓰는 고양이가 있다
혼자 사는 집에서 무서움도 잊고
소리 내어 낭독을 하기도 하고
나직이 시를 낭송하기도 하고, 때로는
목청 높여 노래를 부르기도 하지
눈오는 날이면 창가에 앉아
낯선이들에게 초대장을 보내고
벽난로에 장작을 하염없이 태우다
바흐의 칸타타로 커피를 끓이지

그런 고양이가 밤이면 시를 쓴다
처마밑 고드름 우는 소리에 귀를 열고
겨울새 밥 챙기는 손길 기록하기도 하고
빚더미에 나 앉은 이웃의 힘든 문장 떠올리다
집 떠난 자식들 홀쭉한 냄비 들여다 보기도 하지

지루한 줄 모르고 사는 고양이
밤마다 시를 괴고 잠이 든다

캐리비언 동백꽃

매 번 장갑을 끼고 옆으로 잠이 든다
장갑을 끼는 이유를 굳이 해명하라면
옹색한대로 동백꽃을 좋아 하느냐고 되묻는다

아직, 봄 멀었으니 하강하지 않았을 거라 말한다

혹독한 추위 때문에 몸이 얼었다
폭설 그친 주말에 가방을 챙겼다
자메이카나 쿠바에 가면 뜨거워질 줄 알았건만
언 몸 풀어 금방 녹이고 싶었건만
등 돌린 우리는 밤새 뒤척이고 있다
서둘러 찾아온 캐리비언 해안에서
뜨거운 2월, 몸이 이토록 얼어 있다니

닫힌 마음 식은 몸

한 겨울, 눈 속에서만 피는 붉은꽃
아픔을 아는 건 동백 뿐이다
쿠바에서 자메이카를 떠 올리며
모래사장 열기같은 때론 얼음장 같은
변죽만 울리고 있다

연말증후군

빨간 볼펜으로 손수첩에 연락처를 지운다
일년이 지나도록 전화 한 번 없던 사이라면
죄송하지만 이름 위에 줄을 긋는다
떨리는 손끝에서 술렁거리는 펜 끝
붉은 잉크가 할퀴고 지나가는 순간
섭섭하지만 너는 내게서 떨어져 나가고 있다

내 안의 깊은 적막을 지나
기적소리처럼 멀어져가는 이름
연말이라서 그런가
어쩌자고 닫혀진 인연이 뜬금없이 궁금해지는가

지금 이 시간
크리스마스 캐롤이 은은한 찻집에서
누군가도 나의 이름을 지우고 있을테지

무심하다는 말
초저녁 쓸쓸함으로
참 서늘하다

조용옥

서울 출생. 이화여대 국어국문학과 졸업. 공립중학교 국어교사. 1983년 캐나다 밴쿠버 이민. 현재 에드몬톤 거주. 에드몬톤 얼음꽃문학회 신춘문예 대상. 2011년『문학의 식』으로 등단. 수필가 이동렬교수님 지어주신 호 ,일초헌 一草軒 . 시집 「푸르게 걸어가는 길」「씨 뿌리는 계절」, 동인 시집 「바람난 시 얼굴찾기」.

시인은

'

'시인은 시로 말해야지요'
언젠가 시 낭송하던 시인의 말이다

새벽 미명의 소리에 깨어
아침을 시작하는 시인들

낮엔 햇살 아래 돋아나는
자연과 동화되어
돌돌 구르는 시냇물과 얘기하며
수없이 시구詩句를 흘려보낸다

달 뜨는 밤이면
밤 그늘 따라, 달 사냥도 하고
별 빛 속에 비치는
은하수 따라, 우주를 낚는데
천상의 서곡이 울려퍼진다

그리고,
'시인은 시로 말해야지요' 하던
시인의 목소리 다시 듣는다

밴쿠버 빗속에서

노래처럼
비가 내리는 오후
다운타운 바닷가 거닐며

바람처럼, 가버린 시간
햇빛 담아, 걸어갈 시간
커피 향기되어
빗속에 스민다

너와 나
사는 모습 다르지만
한가지
모을 수 있는 것은

나무 둥지 되어
서로 사랑하는 일이다

타인의 향수

고향 두고 떠난 길
어느덧 삼십여 년
밴쿠버 골목길 돌아
에드몬톤 십여 년

헤아림도 되지 않는 삶
개나리 피던 봄날마다
고향 그리는 마음으로
빗방을 맞으며 걷는다

동네 골목마다
공원 길가에 흐드러지게 핀
고향 벚꽃 향연 새김질하며

나이 한 살 가는 것
실감조차 인색했던
젊은 날의 실존

오늘은
추운 에드몬톤 흰 눈이 정다워

오~랜 친구 마냥 푸근함
하얗게 자라나고
깊은 산, 해묵은 소나무
등 뒤로 하고

뒷모습 가리워질 때까지
배웅해주는 정다운 사람
북적대는 내 고향
눈꽃 속에 파랑새 되어본다

새가 되어 창에 부딪치다

땅 바닥에서
신음하는 비둘기
늘어진 깃털
가까이 온 죽음 앞에서
눈을 감고 있다

어느날
난 새가 되어
유리창에 머리를 짓이기고
그 소리에 놀란 이마가
불그러져 솟아 오른다
말간 유리창이 웃는다

고국 산천 뒤로 두고
이민길 떠난 나라
동여진 부러진 날개
그리움 따라 하늘 날으려
안간힘이 부쳐올 때

얼굴에 비친 하얀 동백꽃

자지러진 흰옷 되어 펄럭인다
갈매기 울어대면
그 바닷속으로 휘말려 날아간다

갈매기 꺼억꺼억 울어대면
그 바닷속으로
휘말려 날아간다

풀잎 소리

새벽에 이슬 내린
잔디 위의 발걸음
그 푹신한 평안의 감촉은
어느 두꺼운 카펫과도
비교할 수 없는
창조주와 동행하는 발걸음에
높은 곳을 향한
영혼의 발돋움이라

내리시는 은혜의 단비
겸손히 무릎꿇는
마음 비운 영혼에
깊이깊이 스며들어

늘 마르지 않는
풀잎으로 남아
겨울되어 한파 속
모진 날에도
새 순 돋아나는
봄 기다리는

한 가닥 풀잎인
나는
하나님 은총에 경배드리며
장성하여 눕는 그 날까지
청아한 풀잎 소리 내며
하나님 바라며 바라보리라

차갑부

명지전문대학 청소년교육복지과 교수. 교육학박사. 시조
시인. 시집 『깻잎에 싼 고향』 문학의식 출간.

프라하의 밤

프라하의 한여름밤 명동이 되었다
한발을 딛는 것이 하늘이 준 행운이다
폭죽은 허공에 올라 쌀튀밥을 튀겨낸다

나이든 건축물은 온몸에 올리브유를 발라
부드러운 광채로 연한 속살 드러낸다
성당의 검지 석탑이 하늘을 찔러
성스런 별을 만들고 있다

다뉴브강 야경

불빛을 먹고 사는 금물결의 다뉴브강
왕궁이 굽어보며 호위하는 위대한 강
물결소리 밤을 가르며 유람선이 흘러간다

하늘을 찌를 듯한 의사당의 고층석탑
불빛이 황금 되어 찬연히 빛나는데
강갈매기 그 위를 날며 부다 소망 빌고 있다

낮에 봤던 도나우강 밤에 보니 다뉴브강
불빛으로 화장을 한 요염한 여인의 강
투룰의 험하고 긴 역사를 물결로 쓰고 있다

울프강제 유람선상에서

호숫가 병풍위에 수채화가 그려 있다
산이 본을 뜨고 자연이 색칠한 걸작
그 속에 아이와 어른이 시간을 먹고 있다

겁 없는 아이들이 호수 속에 뛰어든다
노부부는 노를 저어 쪽배를 몰고 가고
옥빛물에 시옷(ㅅ)자를 쓰며 유람선이 내달린다

기내(機內)에서

일만 일천 미터 상공에서 세상을 내려본다
하늘 위엔 푸른 바다 땅위엔 하얀 구름
점(點)보다 작은 대도시에 홀로 사는 내가 있다

세월의 심술

세월이 어슬렁 와서 문고리를 잡아 당겨
빗장 질러 잠갔더니 문틈으로 들어와
성근 백발 죄다 뽑아놓고 성큼성큼 가더라

최봉희

2012년 『문학의식』 등단. 시화집 「나에게」 (2014년).
한국시인협회, 한국문인협회, 국제PEN문학회원, 한국미
술협회고문.
kgrim126@hanmail.net

길

새로운 것을
늘 찾고 싶어서
무작정 걸었지

회화나무 잎 사이로 빠져 나온
햇살도
그 곁에서 머무르는
솔바람도
쉬엄쉬엄 내려와
풀잎 속으로 스며들고

꽁꽁 얼어 버린 마음을
스스로 도닥여주면서
하염없이 걷는 길

봄꽃 편지

뒤란에서 먼저 피어나는
매화꽃을 보시면서
추위를 견디며 꽃을 피워
마음이 시리다 하시면서
매화꽃송이 닮은
하얀 미소를 지으시고
감꽃목걸이 만들어 주시며
행복해 하셨던 모습
빨갛게 익은 앵두
딸내미 입술이라며 웃으셨지요

목화 솜 같이 부드럽고
따스한 봄날입니다
새싹 움트는
아름다운 소리 들리신가요
봄꽃 한 줌
봄 향기만큼 큰 손으로
봄 꽃 편지 띄워봅니다
고운 내 어머니

아침 기도

–몸이 말을 듣지 않아서
　오늘 모임에 나갈 수 없네
　요즘 운전하기도 힘들어졌어
–많이 아파?

아프지 말고 건강하게 살기로 약속했던
벗
아름다웠던 미소를 떠 올리며
두 눈에는 이슬이 어린다
문병 가마고 했더니
그냥 혼자 쉬고 싶다는 힘없는 목소리에
벼랑으로 곤두박질하는 떨림은
세월의 흔적인가
이제
걱정 없이 살아갈 나날들만 남았는데
붙잡지 못하는
아픔이라는 언어를 어떻게 할까

벗을 위한 간절한
아침 기도는 길었다

윤슬

가을 바다
고운
윤슬
만질 수 없는
마지막 불꽃을 남겨두고
노을 품은
태양은
집으로 돌아가고 있네

가을비 소리

곱게 물들인 나뭇잎
가을비 소리 고즈넉하다

가을이 익어가는 갈잎 숲속에서
흔들리는 마음 한 자락을
떠나가려는 단풍잎 위에 걸쳐 놓고
생을 한동안 더듬거리며

가을비 소리
마음 속 촉촉이 젖는다

함동수

문학의식 시부문 신인상 . 현, 용인예총 수석부회장, 사)
한국문인협회 남북교류위원회 위원. 전, 용인문인협회 지
부장. 경기문학상, 경기예술대상 수상외. 시집『하루 사는
법』,『은이골에 숨다』외 . 논문『박목월 기독교적 특징연
구』,『고향상실과 시쓰기』외. 공저 『용인문단, 유완희
의 문학세계』.
greendongsoo@hanmail.net

여름.1

땅볕에 익어가는 붉은 고추

다리 끌며 고추 따는 그을린 얼굴

서늘한 저 풍경

그리울 날 멀지 않았다

여름.2

병신년 여름

석 달을 하안거에 들었다 해제하고

무엇을 깨달았나, 물어보니

견문각지(見聞覺知)

더운 줄 알면 그뿐이지

또 뭐가 있겠는가

여름.3

푸르른 오후

소나기 내리면

고요한 선방에서도

닫힌 창문으로 귀가 열리고

흐드러진 나뭇잎도

저 빗소리는 막지 못하네

사랑

기억이 사무치는
봄이다

먼 산이 뼈 ─꾹 울었다

장미가 봉우리로 멈추는 사월 초순

*그 한때, 목숨을 걸어도 좋다고
생각한 날이 있었다

* 박남준 시

문수산文秀山

용인 문수산 주변으로 펼쳐지는 성지들
남쪽으로 묵리가 깊고
북쪽으로 떨어져 은이마을이
동쪽으로 학일리가 서쪽으로 미리내 성지가 있는 정점에
묘하게도 지혜의 문수산이 있는데

문수산의 부처 자리 밑 사방에서
피비린내 나는 서학의 박해 현장을 내려 보면서
아무 말도 없이 조용히 자비의 손을 거둔 문수보살文殊菩薩
어디에도 분별없다던 부처의 가르침은 간데없고
부처의 자비는 없었다

어디를 내려다보아도
한곳 한시도 편할 날이 없었던 문수산 아래
경안천의 첫 발원지가 문수산에 있었으니
생명의 원천인 풍요의 시발이다

문수산에서 부터 발원하는 慶安川
얼마나 깊었으면 海谷洞인가
바다계곡 깊이 흐르는 생명의 젖줄 첫머리에
석유비축기지가 들어섰으니
서울이 안심慶安할 수 있을까

100여 년 전, 이곳
迷妄으로 숱한 사람들을 사지로 몰더니
이제는 생명의 젖줄에 기름을 퍼부어 죽게 생겼다는
주민들의 볼멘 항의가 빛바랜지 이미 오래다

문학의식 시선137

비바림 속에서
나를 찾다

문학의식동인집

초판발행   2016년 12월 22일
지은이   문학의식 동인
펴낸이   노승택
편집인   안혜숙
편집   김명선
발행일   2016년 12월 22일
펴낸곳   도서출판 다트앤

등록   1988년 3월 5일
등록번호   바-1076호

우편번호 (23014)
인천시 강화군 하점면 1100번길 26-4(장정리)
TEL (02) 582-3696
FAX 0504-422-6839
E-mail_hwaseo582@hanmail.net
값 10,000원

본지는 한국간행물윤리위원회의 도서잡지 윤리강령 및 실천요강을 준수한다.